# EL SALTO DEL TIEMPO

© 2017, Jaume Copons, por el texto
© 2017, Liliana Fortuny, por las ilustraciones
© 2017, Combel Editorial, SA, por esta edición
Casp, 79 – 08013 Barcelona
Tel.: 902 107 007
combeleditorial.com
agusandmonsters.com

Autores representados por IMC Agencia Literaria SL.

Diseño de la colección: Estudi Miquel Puig

Primera edición: abril de 2017
ISBN: 978-84-9101-206-1
Depósito legal: B-9640-2017
*Printed in Spain*
Impreso en Índice, SL
Fluvià, 81-87 – 08019 Barcelona

# EL SALTO DEL TIEMPO

**JAUME COPONS &
LILIANA FORTUNY**

**COMBEL**

# 1

# EMMA,
# ¿DÓNDE ESTÁS?

Cada viernes, cuando llega la hora del patio, Lidia y yo vamos a la biblioteca de la escuela para devolver los libros que hemos leído durante la semana y llevarnos otros. Puede parecer extraño, pero nos lo pasamos mejor escogiendo libros con Emma que en el patio. Un viernes no encontramos a Emma. Y aquí empezó una aventura que no nos podíamos ni imaginar.

Como Emma no estaba en la biblioteca, fuimos a la sala de profesores. Pensamos que quizás había ido a tomar un té, un café o lo que sea que tomen los adultos a la hora de desayunar. Allí nos dijeron que a primera hora Emma había entrado en la biblioteca con un paquete muy grande y ya no había salido.

¿Con un paquete muy grande?

Quizás eran libros nuevos...

No. Los libros nuevos siempre llegan el primer lunes de cada mes. ¡Lo tengo controladísimo!

Por la tarde, justo antes de acabar las clases, cogimos la bolsa de los monstruos y la de los libros y volvimos a la biblioteca.

No entendimos por qué motivo los monstruos habían perdido los nervios al ver aquella especie de trampolín de circo, pero, cuando vimos que el Dr. Brot y Nap se alejaban riendo, supimos que algo estaba pasando.

# LA EXTRAÑA HISTORIA DE LA TELA DEL TIEMPO, CONTADA POR EL SR. FLAT

Hace casi mil años, existió un caballero tan cruel y brutal que no distinguía entre amigos y enemigos. Trataba mal a todo el mundo.

Cuando no guerreaba, aquel caballero se dedicaba a robar lo poco que tenían los pobres campesinos.

Un día el caballero sufrió un accidente. Como también maltrataba a su caballo, el pobre animal decidió frenar en seco en plena carrera para dar un escarmiento a su dueño.

El caballero quedó malherido, pero unos campesinos se lo llevaron a casa y cuidaron de él. Incluso sacrificaron su única gallina para poder ofrecerle un caldo reconstituyente.

Cuando el caballero estuvo recuperado ayudó a los campesinos a cultivar la tierra y también los protegió de otros caballeros. Pero un día empezó a obsesionarse con todas las maldades que había perpetrado.

Si pudiera retroceder en el tiempo, repararía todo el mal que he hecho y entonces...

Y el caballero tuvo la suerte o la desdicha de que un mago oyese lo que decía, y le hizo una proposición.

No puedes retroceder en el tiempo, pero sí que puedes ir al pasado o al futuro.

Muy sencillo... ¡Con esta tela! Lo único que tienes que hacer es tensarla, saltar encima y... ¡PAM!

¿Cómo? ¿Dime cómo puedo hacerlo?

¡Te la cambio por la espada y el caballo!

¡Trato hecho!

Y así fue. El caballero hizo que sus amigos campesinos tensaran la tela, saltó encima y…

No podíamos permitir de ninguna manera que Emma corriera el peligro de quedar perdida en el tiempo como el Caballero. Primero porque era nuestra amiga y, en segundo lugar, porque en un mundo lleno de adultos taradísimos, la gente como Emma es más que necesaria.

No fue necesario que nos dieran más explicaciones para que entendiéramos que teníamos que ir inmediatamente a buscar a Emma. Era necesario evitar que quedara perdida en el tiempo.

¡Alto! ¿Qué hacéis? ¡A veces parecéis criaturas!

Vamos a buscar a Emma, ¿no?

¡Claro! Pero ¿qué tenéis en la cabeza? Hay que ir despacio.

¡Pero es que no podemos perder tiempo!

¡Falso! ¡El tiempo no se pierde ni se gana!

Esta vez emprenderemos un viaje extremadamente peligroso y es necesario recordar lo que dijo Don Quijote a Sancho: «Vísteme despacio que llevamos prisa.»

# 2

## DESPACIO, QUE TENEMOS PRISA

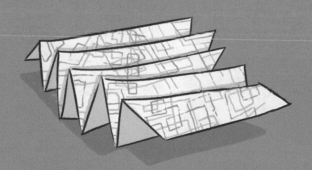

Costaba un poco de entender, pero la idea era que teníamos que ir despacio para no cometer un error del que tuviéramos que arrepentirnos el resto de nuestras vidas. Y, claro, lo de ir despacio comportó alguna discusión.

Entre los miles de objetos que Brex había creado a lo largo de su vida y había guardado en el interior de Emmo, había dos que nos iban a resultar muy útiles. Pero antes había que encontrarlos.

Al final Brex encontró lo que estaba buscando y nos dejó a todos patidifusos. A veces no sé qué haríamos sin Brex. En realidad no sé qué haríamos si no nos tuviéramos los unos a los otros.

¡El mapa del tiempo! ¡Así nos podremos mover en el tiempo!

Emmo que se agarre fuerte al trampolín. Así nos lo llevaremos y podremos volver a usarlo para regresar a nuestro tiempo.

¡Y el cronoparador! Que nos permitirá parar el tiempo. Eso nos ahorrará muchos problemas y explicaciones.

Pusimos en marcha el cronoparador para detener el tiempo. Era la manera de que nadie fuera consciente de nuestra ausencia.

Con el cronoparador en marcha y Brex bien agarrado al trampolín, hicimos lo que teníamos que hacer. ¡Un «pam» enorme y contundente!

# 3

# ACERTAR
# EL TIEMPO

Tras nuestro salto, aunque lo normal hubiera sido rebotar encima de la tela, de repente nos encontramos en un bosque de helechos muy extraño.

Tan pronto como Emmo guardó el trampolín en su interior, nos pusimos a buscar a Emma. Pero antes nos dividimos en grupos, porque nos pareció que así sería más fácil encontrar a nuestra amiga.

¡¡¡Emma!!! ¿Emma, estás aquí?

¡¡¡Emma, hemos venido a por ti!!!

Primero oímos un ruidito y, tras el ruidito, un ruidazo. Y para cuando quisimos darnos cuenta estábamos ante una enorme bestia con cara de pocos amigos.

No solo corrimos como locos, sino que también fue necesario reunir a todo el grupo para poder largarnos inmediatamente de aquel bosque.

Tras aquel salto fuimos a parar exactamente al mismo bosque. Sí, el lugar era el mismo, pero el tiempo había cambiado totalmente la apariencia del lugar. Y aún no habíamos tenido tiempo de reaccionar cuando un tipo muy extraño se nos acercó.

Pero no pudimos hablar con ellos. Eran gente de pocas palabras. Más bien de ninguna palabra. Y cuando nos llevaron a la cueva donde vivían y encendieron un gran fuego, todo quedó clarísimo.

Mientras preparaban las brasas, los primitivos nos metieron dentro de su cueva y Pintaca se puso a pintar en la pared. Y fue entonces cuando la actitud de aquella gente cambió radicalmente.

Aquí os pongo unos bisontes y unos cuantos cazadores con arcos y lanzas...

Los primitivos, agradecidos por las pinturas que Pintaca les había hecho en la cueva, nos acompañaron hasta el lugar del bosque donde habíamos llevado a cabo nuestro último salto del tiempo y, ante ellos, saltamos otra vez en nuestro trampolín.

# 4

# FUTURO

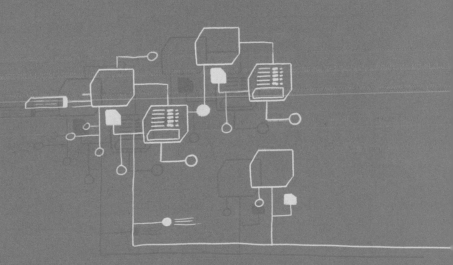

Nuestro salto nos llevó a un espacio muy extraño. Aun así pronto nos dimos cuenta de que estábamos en la biblioteca de la escuela. ¡Pero era la biblioteca del siglo xxx!

Descubrimos que la bibliotecaria era tonta de remate. Tenía los libros guardados en una especie de gran ordenador sin teclado ni pantalla, al que solo podía acceder ella. ¡No entendíamos nada!

Convencimos a aquella mujer de que no podía destruir nuestros libros, pero eso no impidió que nos llevara al despacho del director para que aclaráramos el tema del intercambio. Además seguía muy preocupada porque, según ella, nuestros libros podían resultar muy peligrosos. Y en el despacho tuvimos una sorpresa de las gordas.

No fue fácil. Cuando le dijimos a aquel pobre hombre que sabíamos perfectamente quién era, tuvo un shock nervioso. Y cuando supo que nosotros habíamos llegado del siglo XXI, el shock fue doblemente nervioso.

Y, por si Lidia y yo no lo habíamos taladrado ya bastante, los monstruos acabaron de taladrar a aquel pobre hombre.

Y cuando el intercambio de información ya casi era suficiente, los monstruos plantearon directamente nuestro objetivo.

Fue necesario explicar al Caballero que teníamos una parte de la tela del salto del tiempo, y que si íbamos viajando en el tiempo era solo para encontrar a nuestra amiga Emma. Y cuando le mostramos nuestro trampolín, se emocionó.

Pudimos comprobar que el Caballero del Tiempo realmente se había convertido en una persona encantadora, pero de repente, encima de su mesa, el Sr. Flat vio algo que nos heló la sangre.

Resultó que el Dr. Brot era el Gran Líder Carismático del siglo xxx. Y, como era de esperar, había creado un mundo desgraciado en el que la gente se limitaba a trabajar y a dormir sin hacer nada más, sin disfrutar de la familia y de los amigos, sin dedicarse a nada que diera un mínimo sentido a la vida.

Inmediatamente preguntamos al Caballero dónde podíamos encontrar al Gran Líder Carismático. Nos dijo que prácticamente era imposible verlo, pero que, si teníamos mucha suerte, podríamos hablar con su secretario, el Gran Secretario.

Aquella noche saqué un libro al azar de la bolsa: *Un yanqui en la corte del Rey Arturo*, de Mark Twain. La historia de Hank, que tras recibir un golpe en la cabeza aparece en la corte del rey Arturo, me impresionó mucho.

¡Lo que más me gusta es cómo Hank consigue que no lo quemen en la hoguera por brujo!

¡Básicamente recuerda que habían anunciado un eclipse solar! Y aprovecha para asegurar que es un gran mago y que hará que anochezca en pleno día. Cuando llega el eclipse, el Rey, aterrorizado, lo libera inmediatamente, claro.

Cuando terminamos de leer, guardé el libro y me di cuenta de que, con las prisas, también me había llevado un disco que Emma debía de tener en su mesa de la biblioteca. Era un disco de Bob Dylan. Y como Emmo podía reproducir cualquier formato audiovisual, lo escuchamos.

# 5

# EL GRAN SECRETARIO DEL GRAN LÍDER CARISMÁTICO

Tal como habíamos quedado, Sheila nos vino a buscar para llevarnos a ver al Gran Secretario del Gran Líder Carismático.

La bibliotecaria no era mala persona, pero las cosas raras que nos contaba eran muy inquietantes.

Pero resultó que lo de los libros resumidos no era lo peor. El Dr. Brot aún había ido más lejos.

¡El Gran Líder también escribe sus propios libros! Son breves, porque así no nos cansamos al leerlos, como máximo ocupan un página. Por ejemplo, el Gran Líder nos dice: «Cuando veáis el color rojo tenéis que sentir rabia.» Y, claro, nosotros sentimos rabia.

¡No me lo puedo creer!

¡Qué desastre!

Como realmente no me lo podía creer, hice una prueba. Pedí a Emmo que dejara escapar un rayo de luz roja y, efectivamente, Sheila sufrió un ataque de rabia y por poco mata a alguien.

¿Lo veis? Ahora, por ejemplo, siento mucha rabia. *¡¡¡Muchísima!!! ¡¡¡Grrr!!!*

Y si, por ejemplo, veo a un pobre, sé que es malo. ¿Y por qué? Porque, como dice el Gran Líder Carismático, todos los pobres son malos y dan miedo.

Pobre chica, está muy perturbada. Le han lavado el cerebro.

Sí, pobre, y lo de decir «por ejemplo» cada dos por tres se lo tendría que hacer mirar.

Me di cuenta de que Sheila, como bibliotecaria y como persona, no le llegaba a Emma ni a la suela de los zapatos. Emma
siempre sabía aconsejarme una lectura interesante, siempre tenía una palabra amable e inteligente para compartir conmigo.

Tras mucho insistir conseguimos que nos llevara hasta el despacho del Gran Secretario, y allí faltó muy poco para que nos diera un shock. El Gran Secretario era un viejo conocido. ¡Era Nap!

Aunque Nap estuviera en su estado de estupidez permanente, nosotros necesitábamos información. E hicimos lo posible para obtenerla.

Y así fue como Nap nos lo explicó todo sobre todo. Y entonces supimos cuál era la magnitud de la tragedia.

## TODO SOBRE TODO

Casi por casualidad, el Dr. Brot adquirió la tela del salto del tiempo en la tienda de Boby, que nos la ofreció pensando que nos estaba estafando con una réplica o imitación. Pero, gracias a la prueba de la rana, comprobamos que se trataba de la auténtica tela del tiempo.

El Doctor me ordenó que llevara el trampolín a casa de Emma. Y después ella misma se lo llevó a la escuela. Y ya sabéis lo que pasó luego, ¿verdad?

Como vosotros no podíais impedir las maldades del Doctor, en poco tiempo se convirtió en el Gran Líder Carismático que es hoy. Primero prohibió todo lo que le dio la gana y después creó un mundo donde la mayoría de la gente vive para ir de casa al trabajo y del trabajo a casa.

Nap siguió explicándonos todas las locuras que el Dr. Brot había llevado a cabo. Y la verdad es que era para no creérselo.

Cuando salimos del despacho de Nap, el Sr. Flat nos explicó por qué había dicho a Nap que dijera al Dr. Brot que queríamos verlo.

Lo que más le gusta del mundo al Dr. Brot es tener poder para llevar a cabo sus maldades. ¿Sí o sí?

¡Sí!

¡Sí!

¡Sí!

Le haremos creer que nos dirigimos a un lugar en el que conseguiremos todo el poder del mundo.

¡Pero no será fácil engañar a Brot!

¡Claro que será fácil! La gente que se ciega con el poder pierde de vista la realidad. ¡Ya lo veréis!

Tan pronto como llegamos a la escuela, nos encerramos en la biblioteca y empezamos una reunión para decidir qué íbamos a hacer y cómo íbamos a hacerlo.

¡Me temo que ya nos podemos dar todos por presos!

¡Ni hablar!

Formad tres grupos...Y pensad. Pensad mucho y no descartéis ninguna idea. Apuntadlas todas, por locas que parezcan. Después haremos una lluvia de ideas...

¿Una lluvia de ideas?

Sí, cada uno de nosotros dirá lo que piensa y así las ideas de unos estimularán las ideas de los otros. Los norteamericanos, que siempre exageran un poco, lo llaman *brainstorming*.

# 6

# LLUVIA DE IDEAS O TORMENTA DE IDEAS O *BRAINSTORMING*

Hicimos lo que el Sr. Flat nos propuso y surgieron un montón de ideas. Y, al final, gracias a que Ziro se inventó una supuesta Piedra Total, que daba un poder infinito, conseguimos urdir un plan muy sencillo.

Ya lo dijo el arquitecto Mies van der Rohe, y después lo ha repetido todo el mundo: «Less is more». Es decir, «menos es más». Poca cosa y bien pensada.

UN PLAN PARA PILLAR AL DR. BROT EN TRES SIMPLES PASOS

1. Empezaremos diciendo al Doctor que nos dirigimos a buscar a Emma, pero que, además, estamos decididos a encontrar la Piedra Total, una piedra del siglo XI que otorga un poder infinito.

2. Después invitaremos al Dr. Brot a venir con nosotros.

3. Y le haremos una propuesta: que él se quede la Piedra y nosotros nos quedemos con Emma.

Nuestro plan nos iba a permitir engañar al Doctor, pero sabíamos que tendríamos que improvisar según lo que pasara. Estaba por ver qué pasaría cuando el Doctor nos exigiera que le diéramos la Piedra. Lo único que teníamos claro eran tres cosas:

Tal como estaba previsto, al día siguiente nos presentamos en el Hotel de Galerna, convertido en el palacio del Gran Líder Carismático. Y, aunque en un primer momento nos pareció que lo teníamos todo perdido, el Sr. Flat reaccionó con rapidez.

El Sr. Flat y Hole enumeraron al Dr. Brot todas las barbaridades que nos habíamos inventado y también le cantaron las excelencias de la supuesta Piedra Total. Pero cuando el Gran Líder Carismático se puso a hacer preguntas, el Sr. Flat se giró hacia mí y me dijo que era mi turno.

¿¿¿Yo???

Sí, Agus. Tú has inventado mil historias para salir de casa a horas intempestivas, has inventado todo tipo de excusas cada vez que no has podido hacer los deberes... ¡¡¡Puedes hacerlo y tienes que hacerlo!!!

Está bien. ¡Haré lo que pueda!

Hice lo que pude de la mejor manera que supe. Empecé un poco cortado, pero a medida que se sucedían las preguntas del Dr. Brot me fui animando.

¿Y qué me impide dejaros aquí para irme solo a buscar esa Piedra Total?

¡Que solo el director, que vivía en el siglo XI, sabe dónde está!

¿Y qué me impide llevarme solo al director?

Que nosotros sabemos viajar en el tiempo y detenernos allí donde nos interesa.

¿Y entonces por qué no habéis ido a buscarla directamente?

¡Porque primero queríamos saber qué estaban haciendo usted y Nap!

¿Y qué sacáis recuperando a Emma, si después yo tendré el poder absoluto y nada me impedirá borraros del mapa?

¡Tiempo! ¡Sacamos tiempo! Tiempo para estar juntos.

El Dr. Brot consideró que éramos increíblemente estúpidos, pero gracias a sus ansias de poder, decidió viajar con nosotros. Le habíamos engañado. Aun así nos puso una condición: la mitad de los monstruos se quedarían en el siglo xxx como rehenes. Y como Cheff Roll, Octosol, Pintaca y Veter se ofrecieron para quedarse, aceptamos la propuesta del Doctor. Nuestros amigos permanecerían bajo la custodia de Sheila, pero, como los conocíamos, sabíamos que no se quedarían de brazos cruzados. En aquella porquería de mundo hacían falta muchos cambios, quizá demasiados.

Siento mucho toda esta parrafada, pero ¿qué queréis que os diga? Las cosas estaban liándose de mala manera.

Pese a que habíamos engañado al Dr. Brot, o precisamente por eso, el Sr. Flat aprovechó las ganas que tenía el Doctor de conseguir la Piedra Total para forzar un poco la situación.

Y cuando llegó el gran momento del «¡Pam!», Brex, con el mapa en la mano, nos pidió que nos concentráramos en Emma y que saltáramos encima de la tela.

¡¡¡A la de tres, saltamos!!!

¡Tú y yo saltaremos antes! Así, cuando ellos lleguen ya lo tendremos todo bajo control.

¡No le entiendo, Doctor!

¡Tú limítate a hacer lo que yo te diga, burro! ¡Soy un genio! ¡Un genio del mal!

A medio salto perdimos de vista al Dr. Brot y a Nap, pero todo pasó tan deprisa que ni siquiera nos dimos cuenta. Y, de repente, estábamos en el siglo XI, rodeados por unos campesinos. ¡Aunque habíamos pensado mucho en Emma, nos habíamos equivocado de tiempo!

Tras el feliz reencuentro del Caballero y sus amigos, nos pusieron al día (al día del siglo XI, se entiende). Y resultó que no nos habíamos equivocado tanto como parecía.

Y el momento del reencuentro con Emma fue un gran momento. Tanto que no pudimos evitar dejar escapar alguna lágrima de emoción y alegría.

Hubo que explicar a Emma todo lo que había pasado y también todo nuestro historial con los monstruos. Pero no fue ningún problema, porque Emma, tras su viaje en el tiempo, ya tenía la mentalidad lo bastante abierta para poder creerse cualquier cosa.

Los campesinos nos explicaron que hacía unos cincuenta años, tras la llegada de Emma, un malvado caballero se convirtió en el Señor del pueblo de vecino y, desde entonces, con la ayuda de su escudero, se había dedicado incansablemente a buscar una piedra.

Ya teníamos la información que necesitábamos, pero entonces Emma nos preguntó cuándo regresaríamos a casa, y tuvimos que contarle la verdad.

Aquella noche leímos uno de los manuscritos copiados en la biblioteca que Emma había creado. Se trataba de *Calila y Dimna*, una obra india que los árabes habían traducido tres siglos antes.

# 7

## EL MAGO DE LA MONTAÑA

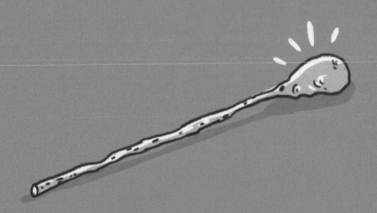

A la hora de desayunar el Caballero estuvo un rato hablando con sus viejos amigos. Y así fue como supimos que después de su marcha, el mago que le había dado la tela había regresado al pueblo para recuperarla.

Cualquiera le decía que no a aquel hombre. Se puso hecho una fiera.

Esta tela es del Caballero del Tiempo, no te la puedes llevar.

¿Qué te apuestas a que me la llevo? ¿Quieres que te convierta en sapo o qué?

Fuera como fuese, era necesario encontrar a aquel mago para saber qué había pasado. Y por ese motivo montamos una expedición a la montaña cercana al pueblo, que es donde los campesinos nos dijeron que vivía el mago.

Tan pronto como empezamos el camino, lo primero que encontramos fue un grupo de bandoleros. Pero la verdad es que tras hablar un poco con Emmo los bandoleros se mostraron bastante comprensivos.

¡Pasad por aquí cuando queráis!

Sí, sí. Nosotros encantados.

Espero que no os hayamos hecho perder demasiado tiempo.

Hay gente que solo entiende las cosas a bofetadas. ¡Qué triste!

En cuanto entramos en el bosque encontramos un inmenso oso hambriento, pero como Emma había tenido la previsión de coger un poco de comida para el camino, encontramos una solución muy civilizada.

Y de repente llegó el momento de la escalada. O mejor dicho de la no escalada, porque Hole, cuando vio la enorme pared que teníamos que escalar, decidió hacer uno de sus mejores agujeros: el agujero escalado.

Hole hizo un agujero escalado increíble, y gracias a eso pudimos subir aquella montaña fácilmente. Pero no fue necesario subir hasta arriba del todo. De repente, a medio camino, encontramos al mago. Y no puede decirse que fuera un encuentro muy amigable.

Y la pregunta de Emmo nos permitió descubrir qué había pasado y cómo había empezado aquella locura de viajes en el tiempo.

## LA EXPLICACIÓN DEL GRAN MAGO

Antes de ser el mago de la montaña yo era simplemente un buen hombre que me dedicaba a hacer zapatos. Era un maestro zapatero.

Un día un caballero me trajo unas botas que necesitaban medias suelas. Incomprensiblemente el caballero no quedó satisfecho con mi trabajo y me denunció. Según él le había destrozado las botas y, por este motivo, quería quedarse con mi taller.

Fuimos a juicio, pero ya sabéis como van estas cosas. El Rey y el caballero acabaron repartiéndose mi taller y todo lo que yo tenía. Y así fue como me quedé en la calle, sin el taller y sin oficio ni beneficio.

Prometí que me vengaría. Durante años aprendí magia con los mejores maestros y los mejores libros. Y, cuando estuve preparado, confeccioné una tela muy especial, la tela del salto del tiempo.

El resto ya lo conocéis. Me presenté ante el caballero y... ¡PAM!

¡Un momento, un momento!

Por suerte, tras la explicación del mago el Caballero hizo lo mejor que podía hacer: pidió perdón. Y no solo lo hizo sinceramente, sino que además se puso al servicio de aquel buen hombre para deshacer todo el mal que le había hecho en el pasado.

Os pido perdón sinceramente. Decidme, buen hombre, qué es lo que queréis y yo haré todo lo posible para dároslo.

¡Quiero mi taller! ¡Quiero volver a ser maestro zapatero!

Os doy mi palabra de que tendréis un nuevo taller. ¡Cueste lo que cueste!

¡Y nosotros ayudaremos en todo lo que podamos!

No lo dude ni un momento.

Como el Mago de la Montaña ya estaba mucho más relajado, el Sr. Flat le explicó el lío inmenso en que nos encontrábamos y también le habló del Dr. Brot y de nuestro invento: la Piedra Total.

Aquella noche en casa del Mago, mientras el Caballero del Tiempo diseñaba lo que iba a ser el nuevo taller del Mago, nosotros elaboramos un plan.

Estuvimos pensando. Pero no encontramos ninguna manera de mostrar al Dr. Brot el poder ilimitado de la Piedra Total. Entonces se produjo una casualidad.

Si conseguíamos hacer creer al Dr. Brot que la Piedra Total daba suficiente poder para cambiar el día en noche, seguro que le engañaríamos. ¿Pero cómo nos las apañaríamos para conseguir que viniera con nosotros y no nos lanzara encima a sus soldados? El mago nos dio la solución.

¡Tranquilos! Últimamente he estado trabajando en un vino que durante una semana te convierte en la persona más amable, simpática y fácil de convencer del mundo... Aunque lo cierto es que las personas que lo toman resultan pesadísimas.

Solo era necesario esperar cuarenta y ocho horas y presentarnos ante el Dr. Brot justo antes del eclipse. Y eso es lo que hicimos. Pasamos aquellos dos días hablando y leyendo mientras el Caballero se puso a escribir *La maravillosa historia del Caballero del Tiempo*, el libro que los monstruos nos habían enseñado justo antes de que abandonáramos el siglo XXI.

Sr. Flat, ¡no entiendo nada! ¡El Caballero está escribiendo el libro que Emmo sacó de su interior cuando estábamos en el siglo XXI!

¡Agus, no controlamos el tiempo! ¡Esto es un hecho! Hemos ido y venido, pero no sabemos qué desajustes hemos podido provocar. ¡Espero que sean pocos y leves!

Por suerte, el mago, acostumbrado a todo tipo de cosas extrañas, encontró muy normal que existieran monstruos como nuestros amigos. Aquellos dos días leímos, entre otros libros, *Un mundo feliz*, de Aldous Huxley, una obra que describe una sociedad futura en la que no existen ni los amigos ni la familia, en la que la gente está dividida por clases.

Estuvimos hablando, leyendo y descansando durante aquellos dos días, pero también conseguimos nuestra Piedra Total.

# 8

## LA PIEDRA TOTAL

Cuarenta y ocho horas más tarde, nos fuimos hasta la puerta del castillo del Dr. Brot con nuestra Piedra Total.

Gracias a Brex, que controlaba el tiempo, dije la frase oportuna en el momento justo. Y, de repente, la luna tapó el sol completamente y se hizo de noche.

El Dr. Brot salió inmediatamente del castillo, y el mago se apresuró a preparar las copas de vino para ofrecerle un brindis.

Fue automático. Tan pronto como aquel vino tocó los labios del Dr. Brot y de Nap, los dos se pusieron a decir estupideces y a hacerse los graciosos. Y el pobre Nap, que ya de entrada era bastante burro, parecía doblemente burro.

Inmediatamente regresamos al pueblo con el Doctor y Nap. Y allí nos pusimos a construir el taller de zapatería para el mago.

¡Sois gente de palabra!

¿Por quién nos había tomado?

¿Qué? ¿Os gusta mi nuevo vestido de maestro zapatero?

¡Sí, bonito y elegante!

Mientras construíamos el taller del zapatero, el Caballero y Emma se dedicaron a convencer a los campesinos de que, ahora que ya sabían leer, ya no la necesitaban. Y entonces el Caballero tomo una decisión.

Aunque cueste de creer he sido director de escuela. Yo me dedicaré a enseñar a leer a todo el mundo. *¡Copiaremos libros para que la lectura llegue a más y más gente!*

¡Y yo ayudaré! Enseñaré cosas que hoy en día parecen brujería pero que algún día serán pura ciencia!

El Dr. Brot y Nap estaban desconocidamente amables y simpáticos, pero aun así consiguieron que la Piedra Total les otorgara cierto poder.

Llegó el momento de sacar el trampolín, pero antes el Sr. Flat exigió al Dr. Brot que le diera toda la tela del tiempo que tuviera, y la dejamos en el interior de Emmo. Y al nuevo zapatero también le pedimos toda la que tuviera.

Y así fue como nos fuimos del siglo XI, como mínimo con la consciencia de que habíamos dejado aquel momento de la historia mucho mejor que como lo habíamos encontrado.

# 9

## ¡QUÉ SIGLO EL DE AQUEL DÍA!

Tan pronto como rebotamos encima de la tela, nos dimos cuenta de que estábamos en la biblioteca del siglo xxx. ¡Lo habíamos conseguido! Pero enseguida vimos que todo se había liado de mala manera. Nuestros amigos habían montado una auténtica revolución.

Nos habíamos propuesto recoger a nuestros amigos y salir disparados hacia el siglo xxx, pero ya se veía que no nos podíamos marchar. La lucha era totalmente desigual. Nosotros y Shei..., y la Teniente S teníamos que luchar contra un mundo enloquecido.

La idea del Sr. Flat consistía en hacer que el Dr. Brot saliera al balcón de la escuela para echar un discurso. Pero en realidad el Doctor se limitaría a repetir lo que le diría uno de nosotros, convenientemente escondido. ¿Y quién sería el encargado de soplar al Doctor lo que tenía que decir?

¡Tú, Agus! ¡Lo harás tú!

¿¿¿Yo??? ¡Ella habla mucho mejor que yo!

¡Y, además, yo ya me encargué de engañar al Doctor del siglo XI!

¿¿¿Yo???

Vale, de acuerdo, pero ¿puedo plagiar un poco el discurso de Charles Chaplin en su película *El gran dictador*? La vi hace poco...

Sí, mujer, claro que sí. ¡Está más que justificado!

¿Quieres que proyecte la película y así refrescas ideas?

Para que Lidia se inspirara, Emmo proyectó el discurso final de Charles Chaplin en *El gran dictador*, cuando por casualidad es confundido con un dictador y tiene que dirigirse a los soldados y a la población.

Lo siento. Pero... Yo no quiero ser emperador. No lo quiero. Más bien, si es posible, quisiera ayudar a todo el mundo...

Chaplin me emociona. ¡Y Charlot también!

Este discurso es un alegato contra el nazismo, el totalitarismo, la guerra...

Partiendo del discurso de Chaplin, Emma se encargó de susurrar el discurso que tenía que reproducir el Dr. Brot.

Y así fue. El Dr. Brot se situó en el balcón de cara a toda la gente, que era mucha. Y Lidia se escondió a su lado.

Cuando el Dr. Brot terminó su discurso se hizo un instante de silencio que pareció durar años. Pero, de repente, todo el mundo dejó sus armas, empezaron a sonar aplausos y a oírse vivas.

Ahora que el siglo xxx ya estaba preparado para el cambio, había llegado el momento de irnos. Pero antes teníamos que despedirnos de la Teniente S, que ya no parecía tan mona pero se había convertido en una gran persona.

# 10

## ¡QUEMÉMOSLO TODO!

Por suerte, cuando aparecimos en la biblioteca de la escuela no había nadie. Y esto nos permitió desmontar el trampolín de la tela del tiempo mientras Emmo y Emma mantenían una curiosa conversación.

Efectivamente, Emma no sufrió daño alguno. Quizá se quedó un poco despistada, pero estaba perfectamente bien.

Teníamos que destruir la tela del tiempo para asegurarnos de que nunca más nadie manipulara el pasado y el futuro. Y nos pareció que la mejor manera de hacerlo era no dejar ni rastro. Por eso pensamos en quemarla. ¿Y qué lugar mejor para quemarla que el patio? Pero, claro, ir con el Dr. Brot y Nap por la calle no era fácil.

Cuando llegamos al parque dejamos la tela en el suelo, lejos de los árboles, y pusimos encima unas cuantas ramitas secas. Emmo fue el encargado de prenderle fuego.

En cuanto llegó la policía todo se lio, pero ya sabíamos lo que teníamos que decir.

Y así fue como aquel típico viernes por la tarde que empezó con un viaje en el tiempo se convirtió en la típica tarde relajada de cada viernes. Lidia vino a casa y se quedó a cenar, porque mi padre insistió en cocinar la típica pizza quemada de los viernes.

Hicimos caso a mi padre. Y fue entonces cuando Lidia y yo descubrimos que los monstruos no tenían ni la más remota idea de cómo moverse por el tiempo, y por lo tanto se la habían jugado por Emma sin dudarlo ni un instante.

¿Pero qué haces, Brex? ¡No destruyas el mapa del tiempo!

Verás, Agus, es que... ¡La verdad es que solo se trata de unos garabatos que hice para daros ánimos!

¿¿¿Qué???

¿Qué dices?

Pensé que era fácil que fuéramos a parar a los caminos del tiempo que otros ya habían recorrido. ¡Y así fue! ¡Pero, en realidad, fue pura suerte!

Sr. Flat: Brex ha hecho muy bien. Nos hacía falta tener esperanza. ¡Y consiguió que la tuviéramos!

¡Tienes cada cosa, Brex!

¡Eres un tipo admirable!

Una vez más los monstruos se habían enfrentado a un montón de problemas y retos de manera inusual. Y Lidia y yo supimos que nunca estaríamos tan seguros como cuando estábamos con ellos. Y nos pareció que no hacía falta decir nada más.

# Y MUY PRONTO...
## UNA NUEVA AVENTURA:

# LA NOCHE DEL
# DR. BROT

La historia de las maldades del Dr. Brot.
Sus pasiones,
sus manías...,
**¡Y UN MONTÓN DE LÍOS!**

# ¡CUÁNTAS AVENTURAS HEMOS VIVIDO YA! ¡DESCÚBRELAS TODAS!